カタツムリ飼育だより

浜崎せんぞう
HAMAZAKI Senzo

文芸社

カタツムリ飼育だより

どうしてだろう。毎年十二月二十日を過ぎた頃に鹿児島県阿久根市の弟から贈り物が来るのに、どうした事かまだ来ない。

「今年は遅いね」と、妻の洋子と話していたら、二十八日の夕方になって、やっと届いた重たいケースが二ケ、紐で十文字に結んであるのに、ぼこぼこになっていた。

それでも、想いのこもった品物でもある。殆どが正月用のモチと、つけあげ（さつまあげ）は十枚入りが四パック、アジのみりん干は二枚入り四十枚、三家族分への心のこもった御歳暮であった。

その中に今年は珍しく、カリフラワーを二ケも入れてくれてあった。新鮮であった。

早速、娘二人にスマホで「今、お餅が届いたから、明日、送るね」と、電話して、近くの郵便局から宅配便で送る事を伝えた。

その夜、弟にお礼の電話をしてから、洋子はカリフラワーの酢味噌あえを料理してくれた。美味しい。懐かしい味であった。

次の日、九時になるのを待って、娘達へ郵便局から、昨日の餅などを宅配便で送った。

今日からお正月の料理を作り、大晦日の午前中に娘達が取りに来るから、準備しなくてはならない忙しい日でもある。

だから、野菜、魚、肉など材料は全部揃っている。我が家の正月料理はすべて手づくりの家庭料理である。母から娘へ語り継がれている家庭料理でもある。

しかし、子供達が手伝いに来る事はない。

妻のおせち料理は、途切れていくに違いない。これも時の流れになるのだろう。

今はデパートやスーパーでも、いつでも買える。

それでも、今日だけは嬉しそうに、時間をかけて煮炊きしている。

多分、娘達の家族の喜ぶ顔が毎年焼きついているからだろう。

そして、自分も嬉しいに違いない、と思った。大晦日の朝、二人の娘はそれぞれの時間に、出来あがったおせち料理を、笑顔を浮かべながら「お母さん、来年もよろしくね。じゃあ、いいお年を」と言って急ぎ足で持ち帰った。そのあと、あと一品カボチャの煮物を作りたい、と鍋に入れて「見といてね」と言って玄関を出ていった。

僕はいつも、パソコンでゲームに夢中になっている。特に囲碁のゲームは好きである。

時間を気にする事もない。

何がなんでも機械に負けるわけにはいかない。こんなところで少々のプライドがある。

人は笑うかもしれない。しかし、当人にすれば必死である。まだ途中で、やや有利に運んで、ほっとしている時であった。

「あなた、何見てんの、焦げてるじゃないの!!」洋子は大きな声で怒鳴りながら帰ってきた。

「外まで匂いがしてるじゃないの!!」

そう言って、鍋を水につけた。

これで二度目であった。すべての臭いがわからない難病で、今は歯科以外の病院代は無料になっている。

だから、タイマーを手元に置いておくべきだった。でも、もう手遅れだった。言い訳にも出来ない。

ただ「ごめんなさい」と、あやまるばかりであった。それでも、パソコンのゲームはボケ予防にいいと聞いていたから、やめる心算はない。

大晦日の夜、黄金色にも似たカリフラワーを酢味噌あえで美味しく食べた。子供の頃に食べたなつかしい田舎の味である。二人だけの食事はいつも早く終わる。

クリニックの先生は「食事はおいしいですか?」と、いつも聞いてくれる。

「はい、おいしいです」と答えると、「それは奥さんの料理が上手だからですよ」

それがおそらく、問診になるのだろう。

風呂も終わり炊事場の明かりを消して、やっとテレビの時間になるのが束の間の楽しみである。しかし年末は、何故か歌番組とかお笑い番組が多い。

ドラマが少ないのが少々寂しい気もする。

喉が渇いたので、冷たいお茶を飲むために冷蔵庫の横の蛍光灯の紐を引っ張った時であった。炊事場のステンレスの上に、小さな黒いものがかすかに動いているではないか。

「オーイ、見てくれ、何か動いているよ。何だろう?」

「あら、カタツムリじゃないの」

「何でこんなところにカタツムリがいるんだろう」

びっくりした。

こんなところにどうして?

「どこから来たんやろ?」

そう考えていると、

「カリフラワーにくっついてたのかもね」

「阿久根市から来たんやったら、二日間も冷蔵庫の中で寒かったやろうな、可哀想によく生きのびたね」

二人は感心した。

二度びっくりであった。

「どうする?」

「可愛くなったね」

そんな事を言いながら、二人はジッと見つめていた。そして、

「飼ってみようよ」

ふと、洋子は言った。

「飼い方もわからんのに、どうして?」

「何とかなるんじゃない」

「じゃあ、そうするか」

そう言って、早速、長方形の白いお皿を出してから、冷蔵庫の中から何もわからないまま野菜を出して、その上に、小さいカタツムリを手にとってのせた。

一センチにも満たない大きさであった。

「食べてくれるかな？」

「食べてほしいね」

期待を込めて見守る事にした。

NHKの紅白歌合戦が終わると、今年も終わりに近づいてくる。

そして、除夜の鐘が鳴った。音の響きを聴きながら、僕は眠りについた。

正月はいつも、妻と二人だけである。もう、三十年程にもなるだろう。

「新年おめでとう、今年もよろしくね」

そんな挨拶をして、金粉入りのお酒で乾杯をする。今年はカタツムリにも、元気でね、と言った。小さな家族が出来た様な嬉しい気持で一杯だった。

正月には誰も来ない。だから、家から出ることもない。外へ出るとしたら、ポストの年賀ハガキを取りに行くだけである。

今年はどんな人から来ているか、ただ相手の現況と、出した枚数だけあれば、ホッ、とする。皆が元気でいるだけで嬉しい。

初めて正月を迎えた我が家の小さな子供は、もう昼寝に入った様であったが、洋子は、まだ、早いと言って手に取って起こしてしまった。それでも、声を出して泣くこともない。また、葉《はっぱ》の上にのせた。

正月は何とも退屈な一日でもある。

しかし、今年は違っていた。

カタツムリがいてくれるから、何となく二人の会話が多くなるかもしれない、と思った。小さな命を守ってあげたい。

その為には、どんなものが好きであるか、さがしてあげなくてはならないだろう。

誰かに聞くか、自分達で調べる以外に未知な事があまりにも多すぎる様な気がした。

今日はどこの店も休みである。

だから、明日の初詣の後に、今後の事は考えよう、と二人は話し合った。

そして、初詣は宝塚市の山の中にある、清荒神と門戸厄神へ毎年二日に参拝しているから、変更するわけにはいかない。

両方とも坂道で、「来年は無理かもね」と言いながら、ゆっくりと、今年も人混みの中を、ガンバレ!! ガンバレ!! と言い合い、今年も無事に細く長い坂道を歩いた。

三日になると、孫の未来の家族が来る。

洋子はこの日を待ち望んでいたから、朝からはりきっていた。しかし、カタツムリを見せるわけにはいかない。

こそっと、隠すことにした。

いつもの様に、未来の好きな食物を知っているから、年末に買って冷凍してある。

特にトロの刺身が好物であった。

だから、みんなより、トロの量は多い。

嬉しそうな笑顔で食べているのを見て、たまらなく洋子の顔はほころぶ。

未来はもう女子大学生になっている。

幼い頃は僕の膝の上にのってくれたが、今日は横に座って缶ビールをコップに入れてくれる。

だから、時間の経つのも忘れて、僕も嬉しかった。

そして、帰る時はいつも、素手で何回もタッチしてくれるのが、今でも習慣になっていた。

「じいも、ばあも、元気でね。今日はありがとさん」

と、喜んで帰っていった。

その後、

「未来はカタツムリが嫌いなようだ」

と、洋子に言うと、

「あんた、何でそんな事を言ったの」

と、また怒られた。

妻はいつも、ちょっとした事で不機嫌になる。ただ、あやまるしかない。

次の日、

「何がいいかしら」

と、スーパーへ行く前に思案していた。

「そうやね、キャベツとか、白菜とか、野菜物がいいと思うけど。行って見た都合にしたら?」

「どんな物があるかわからんしね、そうしようか」

洋子はそう言ってスーパーへ行った。

いつも食べているキャベツや大根、小松菜、などを買ってきた。

「何がいいかな」

「とりあえず、キャベツをやってみたら」

新鮮なキャベツの葉を皿の上に置いて、その上にカタツムリをのせて、食べるのをジッと見ていた。

どうもキャベツは好きでないようだ。

嫌がっているのだろうか？

そこで、小松菜をあげてみた。

すると、ジッとしている。

「食べている」

「本当に食べてくれてる」

「好きみたいだけど、今は高いのよ。贅沢だわ」

それでも、珍しいのと、もしかしたら、我が家で飼育出来るかも知れない、とかすかな望みがわいてきた。

ところが、夕方になって、娘にその話をすると、気持悪いから捨てなさい、との返事であった。しかし、ベランダの下にあった家庭菜園は大阪市の指示で、昨年廃止になり、捨てる事も出来ない。

「何でいちいち報告するの、ほっときなさいよ」

と、又々怒られた。

今年は静かな一年であってほしい、と思ったが、年のせいだろうか、どうしても、ひと言多い様である。

「年なんだから、もっと、ゆっくりくらしてみたらいいよ」

娘がそう言ってくれるのが有難い。

返事はしても、すぐ忘れてしまう。

それでも反省はする。

そんな日々が、今年も続いてくれたら嬉しい。ところが、我が家にみんなの嫌われ者になった筈の小さなカタツムリが、三人目の家族の一員になってくれたではないか。

だから、正月すぎになって、いつもの日常がおとずれた朝から、三人分の食事を作ることになった。

不満を言う事もない。泣く事もない。

ただ、静かに静かに、小松菜を少し食べ豆苗の中にもぐり込んでいく。

高いところが好きなのか。ところが飼育の事が何もわからない。

あちこちの友人に聞いても、殆どの人が、気持悪いと答えるばかりである。

そこで、スマホで調べてみた。

わからない。

パソコンはこわれたままである。

それでも生き物には命がある。

一センチにも満たない小さなカタツリの小さな生命である。

ゆっくりゆっくりとすべる様な動きは、何故か珍しくもありたのもしい気にもなる。

人参を薄く輪切りにして上にのせて見た。

しばらく見ていたが好きでないようだ。

そして、大根もネギもキャベツもダメだった。やはり、小松菜が好物のようであった。人間の様に好き嫌いはあるだろうに、言ってはくれない。

毎日、どうしよう、と思うばかりである。そんな時であった。

洋子が一昨年末に買ったスマートフォンで調べてみた。

すると、小松菜の他にナスの文字が出た。

ナスはいつも冷蔵庫の中にあるではないか。早速、ナスを輪切りにして、皿のまん中に置いて、その上にカタツムリをのせてみた。

「今度は食べてよ、おなかすいてるやろ」

洋子は言った。

静かにジッと見ていると、まだ動かない。

しかし、数分後に、やっと小さな触覚が動いた。やはりナスが好物なのかもしれない。食べてくれ!! と、心の中で願った。

それでも食べる様子はない。

人間と同じように空腹になったら、いずれ食べてくれるだろう。そう思った。

カタツムリは、夜行性である、と聞いた事がある。

だから、昼間はあまり動かないのかもしれない。

ベランダに金のなる木の鉢植が二本ある。柔らかい木のためか、折れてしまうことがある。そこで丸い葉の少々分厚い枝を切って、豆苗の中に立ててみた。

高い所が好きかも知れない、と思ったが上ろうとしない。

やはり昼間はじっとして動こうとしない。

夕方になって、やっと、豆苗の白い根元から上の方へ上って行くではないか。

やれやれと思った。

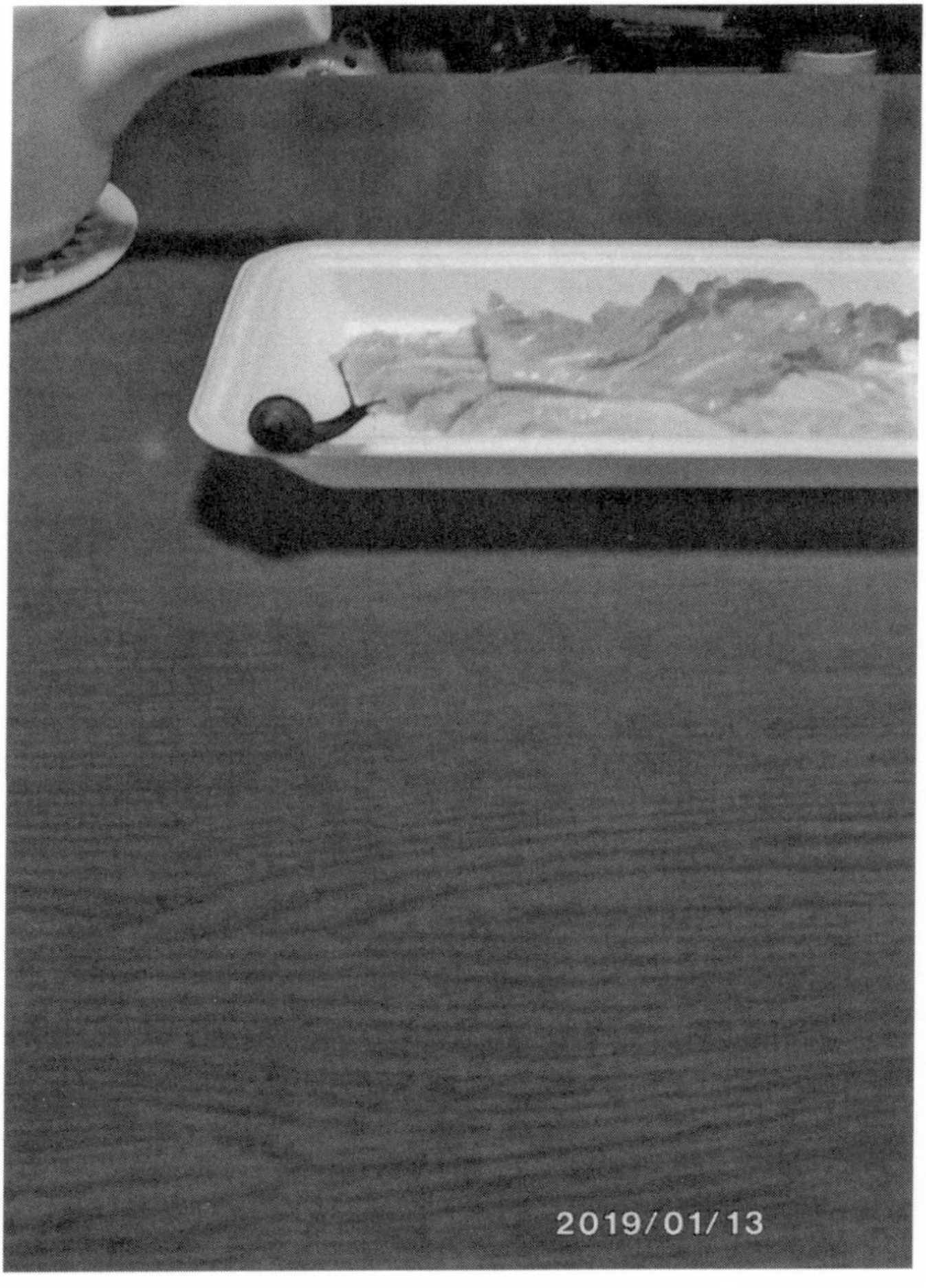
2019/01/13

ジッと見ていると、可愛くなった。

ガンバレ!! と、呼んでみたかった。

ヨッコラショと上っていくとばかり思っていたが、案外、スイスイと上っていく。これで、ホッ、とした。

豆苗の隙間を見つけて、隠れるように、住家を探している。

次の日、洋子は金網のザルを買ってきた。

そして、大きな皿も用意した。

カタツムリがだんだん大きくなる事を楽しみにしていたからである。

そして、もしかしたら皿から逃げるかもしれない、と、思ったからであった。

だから、夜寝る前に、金網のザルを豆苗の上から蓋としてかぶせる事にした。

これで安心出来る。

あれだけ、娘や友人達に嫌われ者にされながらも、我が家では、もう一人の子供が出来たような、可愛い存在であった。

2019/03/16

三人家族になった様な気持になっていた。

三月を過ぎても元気であった。

カタツムリの平均寿命は何年ぐらいだろうか?、と調べてみたがわからない。

自分の難病の事はそっちのけであった。

バスで二つ目の停留所の前に食品専門のスーパーがある。洋子は毎朝九時を過ぎると、その日の食料品を買いに行く。

そして、たまに自転車で商店街に行くこともある。最近では、どこの商店街でも空屋がふえていると聞く。

ところが、その中で一軒だけ賑やかな呼び込みの、果物や野菜専門の店がある。

十時になると開店する。

それまでは準備の前にもかかわらず、大きな声で「いらっしゃい!! いらっしゃい!!」と、若い男性が叫んでいる。

店の前には、多くのおばあちゃん達が、十時になる時を、まだかと並んでいる。

新鮮とのうわさが広まって、行列しているとの事であった。

年齢と共に季節の流れも早くなる。

だから、いつも野菜などで春夏秋冬を知る事も出来る。カタツムリの好きな食物が何なのかもわからないまま、ただ、ひたすらに同じものを食べさせていた。

それでも、ここの店のナスと小松菜は好きな様であった。

そのうちに、だんだん大きくなっていくのも、よくわかるようになった。

これまでは、コタツのテーブルで食事をしていたが、四月になって、長女が「お母さん、椅子とテーブルで食事しなさいよ」と言ってくれた。それでは、そうしよう、と言って、何十年も使っていなかったテーブルの、上に置いていた置物を片付けて、これまた使っていなかった椅子に座布団をのせて食事をする事にした。突然の変更ではあったが、そのうちに慣れてくるだろう、と思った。

そして朝食の時は、カタツムリを右にナスを食べている様子がよく見えた。

近くで見ているると何とも可愛くもあり、又、嬉しかった。

暫くすると、食事が終わったのか、今度はすべるように、運動のためか、するすると動いている。

その後、豆苗のすき間を勝手にさがして、早くもその中で眠りについたようだ。いつまでも小さな家族として育ってほしい。

そして私は、足の痺《しび》れが治るわけでもないのに、淀川の提防の散歩は続いている。

自分の健康のためである。

スーパー提防になってから、歩きやすくなったから人も多くなっている。

川口にはヨットハーバーもある。

数年前までは、夫婦で毎日片道一時間も歩いたが、今はもう無理である。

昨年までは友人三人で花見にも行った。

そうだ、今年はヨットハーバーの南公園へ洋子を誘って案内してみようと、声をかけたら「いいよ」と、言ってくれた。

毎年、友人三人だけで行って自慢ばかりしていたから、たまには、二人だけの方が喜んでくれるに違いない、と勝手に思ったからである。バスはヨットハーバーが終点である。昨年、自転車も乗らない方が良い、と言われ、惜しみながら処分したから、乗物はバスか、タクシー、電車しかない。だから、バスでヨットハーバー南公園へ案内した。知っている人が少ないらしく、絶好の穴場であった。毎年友人と、シートを広げて乾杯した時も二、三人しかいなかった。

今日も、女性が三人ほど。毎年こんなものである。三六〇度、どこを見ても桜の花であるから、そよ風でも、あちこちで白い花びらがヒラヒラと落ちていくのがとても美しく見える。贅沢としか言い様がない花見である。

遊歩道が桜の下をめぐり芝生があるので、座ると何とすがすがしい気持ちにしてくれることか。

「ここにはいないかしら？」

カタツムリの事である。

「ここは海に近いからね、潮風を嫌うから、いないと思うよ」

納得したようであった。

ヨットハーバーには有名なレストラン「ヘミングウェイ」があった。

海の眺めがよく、コーヒーを飲みながらの夕日は、絶景であった。しかし、不便な場所のせいか、その後、破たんした。

それから二日後に、昨年の友達から電話があり、花見をしよう、と言ってきた。

コンビニで弁当と缶ビールを買ってバスで行った。満開の桜の下で乾杯をした。

元気であることに感謝しながら、家族の事とか、今どんな病院やクリニックへ通院しているとか、体の具合などを話しながら、桜の花びらが散る様子が、何とも美しくてたまらなかった。

「忘年会をしような」

三人はそんな約束をして、大阪駅行きのバスで帰った。

次の日、洋子は久しぶりに、商店街の元気な八百屋へ行って、新鮮な野菜を買ってきた。どうやら、ここの小松菜が好きだったので、多めに買ってきたようだ。

「カタツムリがいた!!」

と、突然叫んだ。

見ると小さなカタツムリがくっついていた。びっくりした。

「何で」

と、二人は喜んだ。

これまで「一匹では寂しそうだね」と言っていたから、友達が出来たようで〝ほっ〟と、するばかりであった。

早速、友達が出来た事で喜んでくれるにちがいない、と、洋子はナスの上にのせてあげた。それから、毎日、注意してみる事にした。

自分の足の痺《しび》れや、こむらがえりは薬の投薬で少々直っても、ただ、我慢の日々が続く日々であった。

そんな年の四月三十日に、平成の時代は終わった。そして、新しく五月一日に令和元年がはじまった。

昭和、平成、令和、と生きた事になる。

それでも、日々、生活は変わる事もない。

しかし、嬉しい事もある。

それは、二人の娘達が父の日、母の日にプレゼントをしてくれる事である。

その時は笑顔になり、心から喜ばしい気持でいっぱいになる。

大、小のカタツムリは今日も元気である。

皿の中で、別々に動きまわっているからおもしろい。

いずれ、友達になるだろう、と観察する事にした。安心していた。

ところが五月二十三日の朝であった。

「これ、これ見て!!」

カタツムリ飼育だより

と、洋子が突然呼んだ。なんと、友達になるだろう、と思った矢先、もう合体しているではないか。

どうしていいのかわからない。

大丈夫だろうか？

そんな時、右足が痛くて散歩も出来ない。

ああ、もう少し静かな余生はないものか、と思うばかりであった。まさか、こんな日に、皿の上で交尾するとは、今まで見た事もないし、聞いた事もなかったから、戸惑うばかりであった。

大きなカタツムリの触覚の上に小さなカタツムリの細長いものがのめり込んでいる。

これがカタツムリの交尾に違いないと思った。こんなふうにするんだ、と驚きつつ見た。それにしても、こんな小さい時から、恋愛が始まるんだ、と、不思議であった。

ただ一人だけ、カタツムリは数時間も交尾するらしい、と教えてくれた人がいた。

それにしても、驚いた。

あまりにも急であった。

好きあって合体しているのに「チビはまだ早い！」と言って、皿の中に水を入れてしまった。その時はもう遅かった。

無理に合体している、と、勘違いしてしまったようである。〝しまった〟と、思った時はもう手遅れだった。ベランダから捨ててもよかったが、それでは可哀想と思い月下美人の鉢植えの中に埋めてやった。

寂しくなって〝ごめんね〟と、心の中でそっとあやまった。

そして、残ったカタツムリには頑張って、長生きしてくれる様に願わずにはおられなかった。そして、日毎に、大きくなるのが見てとれた。「朝だよ」と、妻は言って皿を洗い、輪切りにしたナスと、朝食べた卵のからをあげると、食べた後にその中に入って、ベッドになるのだろう。眠りにつくようである。四時頃になると、又、「朝だよ」と言ってナスの上にのせる。

皿は三十センチ程で、高さは三センチ、豆苗はミソ汁に使っているから八センチ位はあるだろうか。それでも緑の部分は少々残っているから、その中に上って、そこを寝床にする様である。

安心して、夢でも見るのだろう。

自由に出来ないから困っているかもしれない。助けてもらったとは思わないだろう。

しかも、お前はもう籠の中のトリである。

だから、お前は我が家の家族の様なものである。仲良く生活しましょうね、と言い聞かせた。

いつも、食事は板間のテーブルで椅子に座って食べる。だから、朝になると、カタツムリに「おはよう」と言って、皿を覆っていた金網の蓋を取り、カタツムリを金網の上にのせて「きれいにしてあげるからね」と、毎朝、皿や豆苗などを水洗いにする。

朝食をとりながら眺めていると、皿の輪の所に行き、首を長くして周りを見て、邪魔者がいないか確認している様にも見える。

運動のためだろうか？　それとも、逃げ道を探しているのかもしれない。

すると、やっと皿から下りたではないか。

「見て!!　見て!!」

と、箸を止めて眺めていると、広いテーブルの上をすべるように動いている。障害物のない草原でも走っているつもりなのだろうか?。

気持ちいいだろうな、と思った。

六月になった。

この季節は梅雨である。

この月に孫の未来は二〇歳になった。いつも誕生日に食事会をしていたから、今回は久しぶりにカニを食べる事にした。

大阪駅から少し行ったレストランである。

女子大学に二年前に入学した時は、三〇万円の祝金をあげたから、今日も成人式祝金をあげると「おじい、洋子、有難う」と、いつもの様に、とても喜んでくれた。

嬉しかった。

ところが家に帰ってみるとカタツムリがいない。寝ていたはずなのに。

どこへ逃げたんだろう。どこへ脱出したのだろう。二人でテーブルの端を見てもいない。畳の周りも、テレビの周りにもいない。

「どこへ行ったんだろう?」

とさがしても見当らない。不思議な事もあるもんだ。

神隠しにでもあったのか?

そう思いながら、テーブルをはずしひっくり返して見た。

すると、まん中のヒーターの横のふちにジッと隠れているではないか。知らないふりをしている様にも見えた。

おそらく、脱出したつもりだったのかもしれない。

「ゴメンネ」

と言いながら、又、皿の上に戻す事にした。

「ここが、おまえのおうちだからね」

予想外の出来事であったがホッとした。

次の朝、ナスと小松菜を新鮮なものにしたら、ナスの真ん中がへこんでおり、小松菜の端も食べていた。大きなナスを輪切りにすると黒い種があり、あまり食べてくれない。

だから、いつも中ぐらいのナスを買っている。贅沢と言うか、なかなかの食通の様でもある。その頃からだろうか、輪切りのナスの上に糞らしきものを見つけた。臭いはない。

初めての事であった。

「カタツムリの糞よ」

と、洋子はびっくりして珍しげに言った。

「そうだな」

と言って、ティッシュで拭いてあげた。

まるで知らんふりをしているかの様に、そっと動いていた。もう、一センチ位の大きさになっただろう。

又、小松菜を食べた日は、うす緑色の糞をする様になった。この頃から拭くのも一日に二、三回ずつと、毎日続くようになった。

豆苗の中ほどの三、四本をハサミで切って、ねぐらを作ってあげると、九時頃にはその中が安定しているのか、それとも安心出来るのか熟睡してしまう。それでは面白くないので、翌朝、割箸を輪ゴムで巻いて、豆苗の上に立てX状にして見た。

すると、ゆっくりと上っていくではないか。

「見て!! 見て!!」

と言って、そっとしていると、やがて、首を長くして、もっと上はないのか、と二本の触覚であたりを見回している。絶景と思うだろうか? この部屋を見渡している。

触覚の先端が小さく、丸くなっている。

そこがカタツムリの目である事が、調べてようやくわかった。

半年かかった。

それでも、見ながら、一つずつ理解出来て新しい発見につながる事が、嬉しい。

少しでも、やさしく見守っていきたい。

活発に動き回ると、夫婦とも元気をもらった様で有難い日々であった。

しかし、夏になると淀川の提防を散歩する事も中止している。

だから、猛暑になると、我が家ではクーラーをつけている。今年は娘から、

「お父さん、クーラーはつけたり、消したりしたらあかんよ、ずっと、ひと夏つけっぱなしにしときや」

「一日中か?」

「そう、ひと夏つけっぱなしで夏が終わるまでよ。そうしとき、電気代はそんなに高くないからね」

と言われた。

こんな事は初めてであった。

〝老いては子に従え〟と、父がよく言っていた事を思い出した。もう、そんな年齢になったんだ、と思うばかりであった。

三時頃になると、洋子は新しいナスを置いて、

「ごはんだよ」

と言って、上にのせてあげる。まだ眠たいのか、暫く起きてこない。

それとも、不満なのだろうか?。

五分位待って、やっと起きてきた。

臭いがしたのだろうか。

「あと、一時間位寝かしてあげてよ、可哀想じゃない」

「いいよ、今のままで」

と言ったものの、翌日からやはり四時頃にあげるようにした。ホッとした。

それでも、少々食べたかと思うと、今度は白い卵の殻の中へ入っていく。

動かなくなると、見ていても、何となく面白くない。これも、おそらく人間の勝手に違いないのだろう。癒されたい。

飼育してあげている、という優越感なのかもしれない。

「動いて!!　もっと動いて!!」

と、頑張ってくれる事を応援し、信じているばかりであった。元気なことは良いことだ、と嬉しい日々でもある。

そして、長い長い猛暑の夏はやがて過ぎていった。それでも、毎年少しずつ温暖化になっている、とメディアは報道している様である。夏の間、カタツムリに名前をつけてあげよう、と洋子は言って、ツーチャンに決めた。呼びやすいようである。

ツーチャンには冷房を我慢してもらい快適な夏を乗りきって、有り難う、と言いたかった。

私達夫婦は、秋になると淀川の提防を散歩する。

川の流れはいつもと変わらないが、六甲山の山並みはあちこちと色づいている様にも見える。散歩の人も増え、自転車で走る釣人も通り過ぎていく。

その片側に古い市営住宅があった。

その住宅を壊し、水害被害から市民を守ろうと、埋立て工事が始まっている。だから、ダンプカーがひっきりなしに土を運んでいる。危ないから、ガードマンの指示通り歩いていくしかない。

阪神大震災の後、何回か盛土しながら、スーパー提防が出来た。

これまで見た事もない、芝生や、平らな石を段々に積み上げて川辺まで下りて行ける。

二、三メートル程突き出た場所があり、休日には釣りや、川岸では家族や、グループでバーベキューを楽しんでいる。

近くには工業高校もあって、学生が体育の時間なのがよく走っていたが、いつの間にか、高校は移転してしまった。

天気の日は毎日、夫婦で散歩に行くのが、日課になって二十年程たつだろうか。いつも、自宅を一時頃に出て、今は一時間程の散歩になっている。無理しないように。

目の前には水防倉庫がある。

昨年まではそこまで歩いていた。

スーパー提防はここまでである。ここまで歩いて、芝生に座って休憩すると、いつも足もとに赤いてんとう虫がいる。忙しそうに雑草の上を羽根を広げてとんでいる。この付近だけにいる様である。癒される。

毎年三月末にやって来るツバメも南へ帰った様である。「おかえり」と言って、右手を上げると、空高くまいあがり、「ただいま」と、言わんばかりに素早く飛んで来る。

そこから南の方を眺めると、今は有名になったテーマパーク、ユニバーサルスタジオジャパン（ＵＳＪ）がある。

ジェットコースターが走っているのが、ここからでもよく見える。

家から自転車で十五分位のところにある。

ＵＳＪが出来たばかりの頃、一年間使用のスタジオパスを買っていたから、殆ど毎日見に行った。

その当時は毎日スタジオの景品がもらえたからである。

未来はバックのジェットコースターに乗るのが好きらしい。大迫力があるとの事である。やはり若さのせいだろう。

提防を散歩している人は見向きもしない。

小犬の散歩が多いから、手をふると、思いきりとびあがって喜んでくれる、だから、お互いに癒される時でもある。

いつも、帰り道は住宅地の中通りと決めている。公園の前に小さな駐車場があり、犬小屋の横に〝アストロ号〟の、立て看板《かんばん》がある。いつもは、外でちょこんと座っているが、近くまで行って手を振ると、立ちあがって、シッポをふって待っている。喜んでいる。

頭をなで両手を持ってあげると、とてつもなく喜んでくれる。犬好きの人にとっては最高にたまらなく嬉しい時でもある。ところがアストロには困った事が一つある。

それは声が出ない事である。鳴く事も吠える事も出来ない。それでも両手を強く押しつけ上を向いてたわむれる。

甘えている様にも見える。それでもアストロと遊ぶのは五分程である。だから、別れる時はバイバイと手を振る。すると寂しそうな目をして、すぐにあちら向きになる。

そして、家に帰る。

「ただいま!!」

と言っても、ツーチャンは皿にくっついて昼寝の最中である。

皿の下の方が少々日陰になって眠りやすいようである。まだ、二時を過ぎたばかりであるから、そっとしておくしかない。

夢でも見ることがあるのだろうか?。

ようやく、四時になると「朝だよ!」と言って、洋子はいつも、手に取ってナスの上にのせる。まだ眠っているのかびくともしない。ころんとしている。

暫くして、やっと触覚を少し出して、夜が明けたのか、と、まるで寝ぼけたように、周りを見ているようにも見える。毎日、新しくナスを輪切りにして置いているから、新鮮なにおいがするのかもしれない。

もっと食べて、と願うばかりであった。

そんなに寝たいのなら、と金網をすっぽり皿の上にかぶせ薄暗くし、新聞をその上にのせると、多分、朝が来た、と勘違いしてくれるかもしれない。すると、八時頃になると、少しずつ動きだした。そっと、新聞の下を覗くと、やはりナスの周りを食べているように見えた。

よかった。安心した。

一日中、皿の中の豆苗やナスを置いていると、水分も蒸発してしまう。そこで、寝る前に小さな噴霧器を買ってきて、金網の上から、そっと、ふきつけてあげるようにした。

朝になって、見渡してびっくりした。

何と、金網の丸い天井で寝ているではないか。いつものように、

「朝だよ」

と言って、ナスの上にのせて、朝の食事をしながら見ていると、ゆっくりと動

きながら、皿の上の方へ上り、そして下りてくる。

いつの間にか、広いテーブルを元気よく、気持ちよさそうに、すべるように動いて回る。久方ぶりに大草原を見渡しながら、満喫しているのかもしれない。

しかし、人間の世界でも、いつ、交通事故が起こるか誰にもわからない。

ツーチャンはテーブルの端をスイスイと動いていたが、いつの間にか見えなくなった。

「あれ、どこへ行った?」

と、二人は箸を止めてテーブルの方を見たがいない。

花瓶や、新聞の周りにもいない。

早く食事をすませて見に行くと、何とコタツ布団の上に落ちているではないか。

又、びっくりした。そんなに速く移動して、何処かへ逃げたかったのだろうか?

遥か遠くへ行きたかったのかもしれない。

何よりも無事で良かった、と思った。

2019/09/30

「ダメじゃないの」

そう言って、ナスの上にのせると、そろりそろり、と豆苗の中へ入って、長い昼寝についた。もう、あきらめているのだろう。

ここで家族の一員となってから、十ヶ月になった。大きさも二センチになった。ここに来た時から少々黒かったから、それも元気の証しなのかも知れない、と思った。夜九時を過ぎると、ベランダの月下美人が、今年は二ケ咲いた。純白の夜に輝く眩《まぶ》しいばかりの艶《あで》やかさである。それも、何故か夕方から深夜にかけて、ゆっくりとひらく。だから、何回もカーテンを開けて見る。満開になるのが夜十時頃からであるから、大きな懐中電灯を持ってきて、光を当て、二、三枚スマホで撮影する。

昨年もこうして大切に撮った。洋子の東京の友人からいただいてから、六年目にやっと咲いた月下美人である。近くの写真店で現像してもらったら、初めて見た、との事であった。

2019/10/08

なんと、一夜限りの命を、たっぷりと堪能出来た事は本当に喜ばしい夜であった。

ツーチャンは、こんな時間が朝のはじまりである。老人には、もう、おやすみの時間である。しかし、僕には毎晩やらなくてはならない大事なことがある。難病のために、鎮痛消炎貼付剤を両足に貼り、薬を飲んで、それから布団にはいる。

それから、寝付くまでいつも三〇分位はかかる。どうしてだろう？　と思いながら、目薬をさして寝るのに、朝になると、右の目に目やにがくっついて開かない事が時々ある。

くやし涙がそうなるのかもしれない。

それでも、晴々しい朝の訪れはやってくる。今はツーチャンが迎えてくれるから、不機嫌になる筈はない。

今日はどんな遊びをしようか、と楽しみである。これまでブランコや、サーカスみたいな曲芸の危ない動きをしてきたが、びくともしない。いつも安心して見ているから、嬉しいばかりであった。

次の日の朝早く、近所の奥さんが黄色の葉の花を持って来てくれた。

いつもこうして、季節の花をくれるから、仏花以外はスーパーで買った事がない。

有難いものである。

今日はガラスの細長い花ビンに、もらったばかりの菊の花をさし、テーブルの中央に置いてみた。いつもの皿の中からおりて、運動の時間になっていたから、もしかしたら上ってくれるかもしれない、と思ったからである。高さは二十センチ程ある。

新聞やテレビのリモコンスイッチなどで周りを防ぐと、やはり花ビンの方へ行く。

「見て！　見て！　上っていく」

と言うと洋子も来て、「ガンバレ！　もうちょっとガンバレ！」と応援した。

見ているうちに細長い花ビンの上まで、たどり着いた。

数分もかかっていない速さであった。

頂上には菊の花がある。動物には、好き嫌いがあるからどうだろうか？

二枚の葉の大きい方を選んだようである。

茎は見向きもしないようであった。ましてや、花などどうでも良いのかもしれない。

それに葉の下には水もある。どうやら、今日はここで昼寝についたようであった。

秋とは言え、まだ、暑い日々である。

しかし、淀川の提防では散歩の人もいて、ジョギングの人もいる。夏とは違った、さわやかな風の香りが静かに通り過ぎていく。

そんな時、淀川では海鵜の群が広い河川を黒く埋《う》めている。大きな羽を広げて、一ケ所に集まってくる。大群である。

しかも、あちこちから集まってくる。

それも、この季節だけの、たった一日だけの風物詩でもある。

ツバメが南へ帰り、そして、海鵜の数百羽は何処へ飛んで行くのだろうか。

すると、間もなくカモ達がやってくる。

季節を知らなくなった我が家のツーチャンだけは、毎日が夏なのかもしれない。

四時頃になって、

「朝だよ」

と言って、起こしてやった。いつも寝ぼけていても、仕方ないか、と言う素振りで少し動いたが、花ビンの上でもあり、自力で下りられないのだろう。まるで断崖にも見えたのだろうか。行きはよいよい、帰りは怖い、と、思ったのだろう。どうにもならない。だから、ナスの上にのせてあげた。新鮮なナスである。

大きなナスには黒くなった種があり、あまり食べようとしない。何と贅沢でもある。

いっぱい食べてよ、と言ってもわかる筈がない。それでも見ているだけで嬉しい。

何となく心が安らぐ。

今は難病の保険証があるから、クリニックの月一回の通院でも治療費や、投薬料も無料である。だから、ツーチャンは元気をくれるような気がしてならない。

いつまでも可愛い姿を見せ続けてほしい。

何とも癒されるのが嬉しい。

昨夜も足の痺《しび》れで飛び起きたから、どうする事も出来ない。医師会に相談したら、神経内科に行きなさい、と言ってくれたから、有名な総合病院へバスで行った。

ところが、説明したとたんにここではない、と言われた。もう一度医師会に問い合わせたら行きなさい、と言ってくれた。

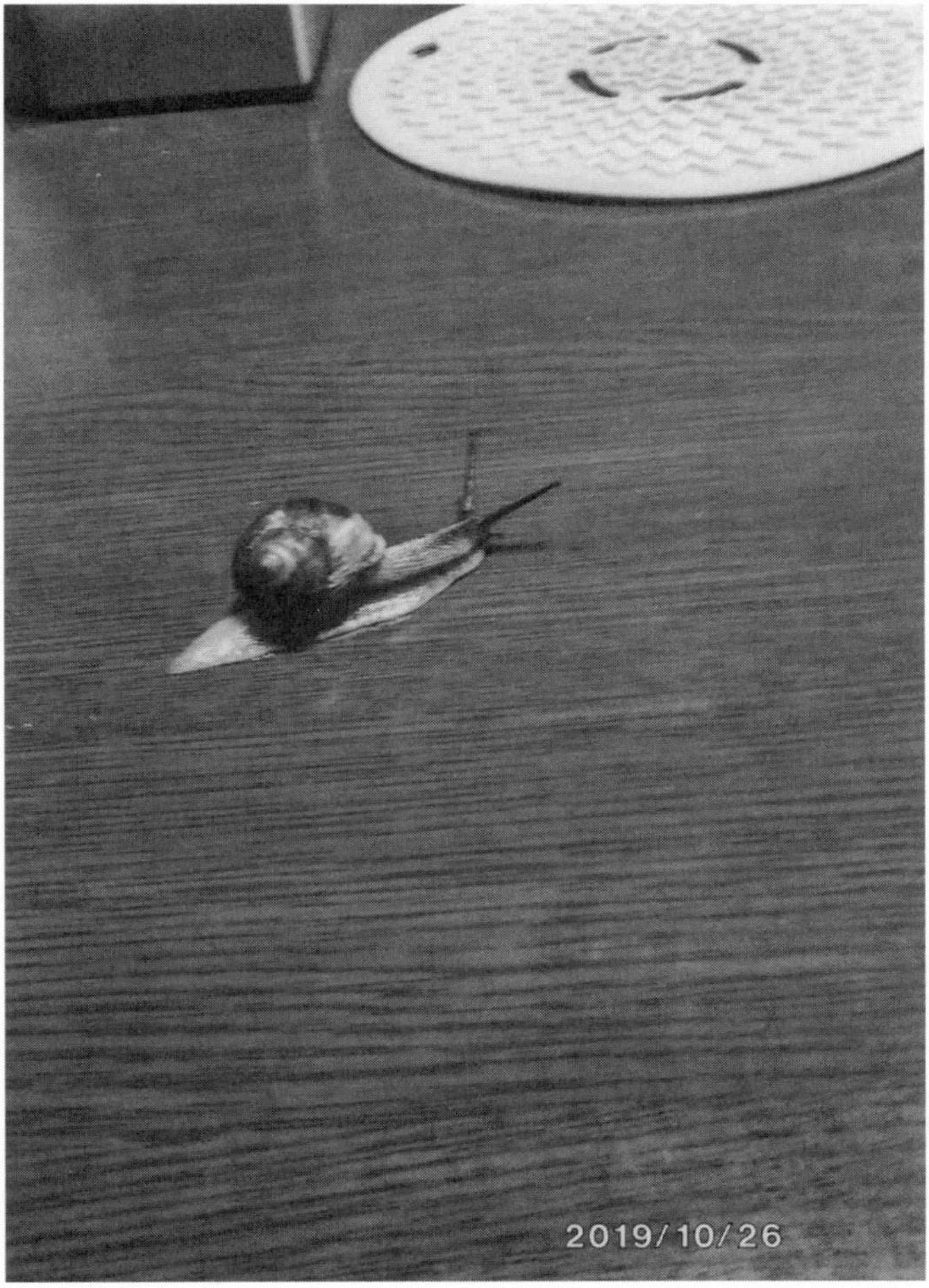
2019/10/26

次の日に再度、同じ病院に行った。すると、

「また来たのか、帰れ！　帰れ！」と治療しないまま、七〇円を払って病院を出た事を思い出した。何とも悔しい日であった。

もしかしたら、ツーチャンもこんな事を思っているかもしれない。

「ゴメンナサイ」

と言ってもわかる筈はないだろう。

それでも、淀川の提防の散歩は続いている。川では何の魚かわからないが飛びはねている。ボラかもしれない、と言う人もいた。

遠くには六甲の山脈が色づいているのがはっきり眺められる。

バス通りのガス会社の塀には夾竹桃の花が咲いている。すがすがしい風が通り過ぎているようだ。

その夜、又、月下美人が二つも咲いた。

一年で二回も咲いたのは初めてであった。

2019/10/09

夏の頃に水をあげていたからかもしれない。まだ、十日程しかたっていないのに、ただ、びっくりするばかりであった。

しかし、翌朝になるともう、たれさがっている。

何とも、はかない花の命であった。

その頃からツーチャンには金網の上に、動きやすいように、と新聞を置いていた。

薄暗くした方が寝やすいようであったからだ。ところが動いている。

安心出来るから、ほっとして明日を迎えられる。これまで手さぐりで育ててきたのに、元気でいてくれて嬉しい。

朝は誰にでもくる。

そして、希望の夜明けである。

しかし、僕は朝が怖い。

昨夜も最夜中の三時頃に飛び起きた。

足の急激な痺《しび》れであった。暗い部屋の中で直立でそっと歩き回った。涙が出た。

いつもは、午前五時頃から七時頃の間に左、右足のふくらはぎが痙攣《けいれん》する。激痛が走る。

どうして？　と、あわてながら、テーブルの上に置いてある薬を飲む。

あとは、じっと我慢する。ひたすら我慢するしかない。もう、何年、こんな生活が続いているだろうか。クリニックの先生は、いつも我慢強いね、と言ってくれる。

それでも頼るしかない。いつも丁寧に診察してくれる。月一回の診察はベッドに寝かされ検査してくれる。今時、珍しい検診である。今の病院ではパソコンだけの表示で、ただ画面を見て説明するだけで患者を触る事が少ない。

そして、十一月になった。六日を過ぎれば山陰地方では松葉カニの解禁になる。するると、城崎温泉の鮮魚店からダイレクトメールが届く。ゆでカニの脚部のみのセットで毎年、東京、大阪、阿久根市の伯母、弟、妹、妹の家族へ直送してもない。

らう。すると、

「着いたよ、有難う」

と、いつも元気な声を聞くのがたまらなく嬉しい。

何と言っても季節の珍味である。特に日本人は好物のようである。たまらなく美味しい。ツーチャンにもこんなものを食べさせたいが、ほしい、と言ってくれない。

これまで、静かに寄り添ってきたつもりである。けれど、何も返事をしてくれない。ただ、朝は〝おはよう〟と、こちらから勝手に挨拶し、夜は〝おやすみ〟と言っても知らんふりである。それでもいい。

一緒にいるだけでいい。今は家族であり、小さな子供でもある。

冬になっても、部屋の中はそんなに寒くはない。ツーチャンのために快適な住居にしているつもりでいる。

「ああ、小松菜を食べたみたい」

2019/11/17

朝になって、洋子は嬉しそうに言った。

久しぶりであった。はっきりと、食べたあとは丸くなっているから見ただけでわかる。

あまりにも、つつましい食事ではないか！。

こんな時は、いかにも元気をくれる。年老いてくると、出来る限り自分の事は周りの人に迷惑をかけまいと気を使う。それでも、どうにもならない事もある。

だから、十二月になると毎年予約して結核予防会に健康診断で訪問する。

やはりこの季節は寒い。マフラーをして、手袋をして人々は会社へ急いで歩いている。

こんな日々が自分にもあったと思い出す。

ツーチャンはこれまでこよなく癒してくれたから感謝しなくてはならない。

宝物にも似た存在であった。

こんなにも長生きしてくれて有難う、と毎日が夢《ゆめ》の様である。

それにしても嬉しい。寒さもどこへやら、我が家はまさにアットホームに違いないと思った。今年も終わりに近づくと、東京や阿久根市から正月用の贈物が届く。毎年である。

阿久根市からは、かがみ餅や、アジのみりん干、つけあげ（さつまあげ）、ちまきなど、その地方の昔ながらの懐《なつ》かしいものが多い。

想いのこもった食材でもある。

「今日着いたよ、有難う」

と電話すると、

「早かったね、もう着いたか」

「うん、それからね、カタツムリはまだ元気でいるよ」

「えっ、もう一年にもなるのに、どんな飼い方をしているん？」

「大きな皿の上に豆苗を置いてね、あとはナスを切って、小松菜をあげると勝手に食べているよ」

「ただそれだけか」

「うん、ただそれだけで楽ちんだよ」

「感心やね」

「まあ大事に育てるからね」

そう礼を言った。

故郷は誰にでもある。そして、友達は遠くにもいる。近くにもいる。

あまりにも正月用の贈物は多いので、二人の娘家族に宅配便で送ってあげた。

すると、孫の未来から「おばあ有難う」とラインがくる。

それが、又、嬉しい。

二人だけの生活であるから、寂しい時もある。

寒くなると、こもりがちになる。

だから、出来るだけ天気の日には散歩する。今年の淀川の提防《ていぼう》の散歩も今日で
終わりにしよう、と言って二人で出かけた。ぽつん、ぽつんと人は少ない。ただ、

2019/12/25

カモの群れだけは元気一杯であった。洋子は今年も二日間かけて、三家族分のおせち料理を作った。

三十日になると、娘達は交互に取りにくる。

「今年はちょっと甘いかもしれない」

と言っても、

「いいよ、有難う」

と持って帰る。その時だけは、ツーチャンを見えない所に隠している。ほっとしている。

一年間、こんなにも元気でいてくれて、愛着が止まらないからである。

もう少し、もう少しいてほしい、と思うばかりであった。

いつも寄り添っているから、可愛いと思うのだろう。

——令和になって初めての正月がやってきた。毎年、二人だけの正月は変わらない。

もう五十年にもなるだろうか。

元旦の朝はいつもより遅く起きる。

いつもの様に
「あけましておめでとう、今年もよろしくね」

そう言ってお互いに、

「乾杯！」

と、祝うのが習わしになっていた。

「ツーチャンにも乾杯やね」

二人は今年も、健康で平和な年でありますように願った。

毎年、年始は二日と決めている。

だから、

「ツーチャン行ってくるね」

と言って金網をかぶせた。

清荒神と門戸厄神へ参拝に行くために。

今年はツーチャンの分もお祈りした。

無理なく歩いていても疲れる。

やはり年齢のせいだろう。

高齢者はそれでも神頼みになる場合が多い様にも思える。それは、努力したくても体力がないから仕方ないのかもしれない。

日常が平凡で何もなければそれに越した事はない、と思うばかりであった。

それでも喜怒哀楽は誰にでもある。

一月だと寒い日々が続くのに、今年はそうでもない。

洋子はいつも九時を過ぎたらスーパーへ買物に行く。商店街に行く時は十時頃である。

一月も末になっていた。

今日は八百屋で野菜を買って来ると出ていった。「これ見て」と言って大きなカリフラワーを買ってきた。葉付きであった。

「久しぶりだね」

「うん、新鮮で美味しそうに見えたから、酢味噌で食べるね」

白い茎にやや広い葉が付いていた。

「明日、ツーチャンにあげたら」

「そうね、捨てたらもったいないし、喜ぶかもね」

洋子はそう言って、翌朝、カリフラワーの白い平らな茎の上にのせてあげた。

「おいしいよ」

見ていると、すいすいと動いていた。元気よく動いていた。

何事もなく上っている。

毎日が平穏であったから嬉しかった。

ところが夕方、

「見て！　見て！」

と、洋子は叫んだ。

触覚の周りを白い袋が覆っていた。

「なんで？」

「なんだろう？」

まるで顔が見えない。原因がわからない。

「どうしよう」

「動物病院でもわからないだろうし」

二人は慌てるばかりであった。

何も出来ない。只、暫くは茫然としているばかりであった。何故？

「そうや、確か兵庫県に昆虫館があったはずや、そこで聞いてみたら？」

「そうやね、そうするか」

そう言って、洋子はスマホで調べた。便利なものですぐにわかった。

早速電話した。事情を説明すると、

「そうですか、今時珍しいですね。可愛かったでしょうに残念ですね。カタツムリは昆虫ではありませんのでここでは展示していませんが、考えとしては、農薬《のうやく》が残っていたのかもしれませんね」

「そうですか」

「はっきりは解りませんよ。それからね、神戸に貝類《かい》の博物館がありますからそちらで聞いて見てはどうですか」

と言って電話番号も丁寧に教えてくれた。しかし、

「こちらでは海の貝だけの博物館です」

と、いとも簡単な返事であった。

もう、あきらめるしかない。それでも、

「明日まで待ちましょう」

と言って、ガンバレ！　ガンバレ！　と、はげました。

もう、どうする事も出来ない。

これまで、夫婦に元気を与えてくれて有難う。

そして、二月五日ツーチャンは静かに永眠した。ベランダの月下美人の根元に埋葬してあげた。チビと一緒に、眠れて幸せだろう。一年一ヶ月の短い命であった。

そして、
今年も、また、春の彼岸がやって来た。

毎年、春、秋の彼岸には一心寺と四天王寺へ参拝に行く。

今年は新型コロナウイルスのため、出来るだけ自粛要請との事であったが、マスクをして行った。

洋子の亡父母は一心寺へ、僕の亡弟は四天王寺の六時堂に納骨しているからである。

一枚二〇円の経木に、先祖代々とか、亡き両親の名前と、亡き弟たちと、愛犬エルの他に今年はカタツムリのツーチャンも記入して供養した。一年間、寄り添ってくれて、本当に有難う。

著者プロフィール
浜崎 せんぞう（はまざき せんぞう）
関西大学文学部独文科卒業。

カタツムリ飼育だより

2021年12月15日　初版第１刷発行

著　者　浜崎 せんぞう
発行者　瓜谷 綱延
発行所　株式会社文芸社
〒160-0022　東京都新宿区新宿１－10－１
電話　03-5369-3060（代表）
03-5369-2299（販売）

印刷所　株式会社平河工業社

ISBN978-4-286-23101-3